(N° 240)   *Vente du Vendredi 16 Juin 1911*

HOTEL DROUOT — SALLE N° 9

N° 15 du Catalogue

ESTAMPES

&

DESSINS

Anciens et Modernes

M° PAUL PELLERIN   M. LOYS DELTEIL

FRAZIER-SOYE

Graveur-Imprimeur

153-155-157, Rue Montmartre

PARIS

CATALOGUE

DES

ESTAMPES

&

DESSINS

Anciens & Modernes

———

Dont la vente aura lieu

à Paris, HOTEL DROUOT, Salle N° 9

Le Vendredi 16 Juin 1911

à 3 heures précises

———

Par le Ministère de M⁺ PAUL PELLERIN,

COMMISSAIRE-PRISEUR

11, Rue Saint-Lazare, 11

Assisté de M. LOYS DELTEIL, Artiste-Graveur, Expert

2, Rue des Beaux-Arts

CONDITIONS DE LA VENTE

Elle sera faite au comptant.

Les adjudicataires paieront *dix pour cent* en sus des enchères.

M. Loys Delteil remplira les commissions que voudront bien lui confier les amateurs ne pouvant y assister.

MM. les Amateurs pourront visiter la collection, 2, *rue des Beaux-Arts*, du Mardi 13 au Jeudi 15 Juin 1911, de 2 heures à 5 heures.

DESIGNATION

ESTAMPES

BESNARD (A.)

1. Intérieur d'Eglise. Très belle épreuve, *signée*.

BONASONE, CARAGLIO, etc.

2. Sujets divers. Quarante pièces.

BONNET (L.) — DIXON (J.)

3. Tête de Femme, d'après Eisen — Lady J. Clifford, d'après Kneller. Deux pièces. Belles épreuves, la 1re tirée *avec rehauts*.

BRACQUEMOND (F.)

4. Cladel (Léon). Belle et très rare épreuve du 1er état sur japon.

BUHOT — BRACQUEMOND — ENSOR — TISSOT

5. Les Noctambules — Le Couvre-Feu — Paysages — Etude. Cinq pièces. Belles épreuves.

CHARDIN (d'après)

6. La Gouvernante — La Mère laborieuse. Deux pièces, par Lépicié. Encadrées (manquent de conservation).

CHASSÉRIAU (Th.)

7. Arabe montant en selle — La Mère et l'Enfant. Deux pièces. Belles épreuves.

DAUMIER (H.)

8. Tout ce qu'on voudra, 9 pl. Belles épreuves.

DIVERS

9. Sous ce numéro, il sera vendu 33 pièces (3 encadrées) des XVIII° et XIX° siècle, une *tirée sur soie.
Ce n° sera divisé*.

10. Costumes — Pierres gravées, etc., 150 estampes et
dessins.

11. Sujets divers, portraits et paysages, 50 pl. Belles
épreuves.

12. Le Peintre, par Surugue, d'après Chardin — Nau-
frage de Virginie — B. H. de Fourcy — La Parure
— Fidelity, etc., 10 pl. ; la plupart en belles
épreuves.

13. Fac-simile, d'après les auteurs anciens, 48 pièces.

DRANER

14. Types carnavalesques, 24 pl. *coloriées*.

DURER (A.)

15. Le Groupe des quatre Femmes nues (B. 75). Très
belle épreuve.

ÉCOLES ANCIENNES

16. Sujets divers, Ornements, Paysages, etc., 66 pl.
par ou d'après Durer, L. de Leyde, Hopfer, etc.
Deux lots.

17. Sujets divers, 100 pièces par ou d'après le Guide,
les Carrache, P. Testa, etc.

18. Sujets divers, Paysages et Animaux, 58 pl. par
K. Du Jardin, A. Carrache, etc.

19. Sujets divers, 15 pièces par Carpi, S. Rosa, Rembrandt, etc.

FANTIN-LATOUR (H.)

20. Rêverie (159). Très belle épreuve sur chine, *signée*.

21. Etude pour Eve — Vision — A Berlioz, petite
planche — A. V. Hugo, etc., 6 pl. sur chine ou
japon (2 avec cache-lettre).

FREUDEBERG (d'après S.)

22. Le Présent du Fermier, par Le Beau. Bonne
épreuve.

GELLÉE (Claude)

23. Paysages et Marines, 7 pl. (manquent de conservation).

GREUZE (d'après J. B.)

24. La Belle-Mère, par Le Vasseur — La Mère en
courroux, par Moitte. Deux pièces. Belles
épreuves (une de tirage postérieur).

HUET (d'après J. B.)

25. L'Amant pressant, par A. Legrand. Très belle
épreuve *impr. en couleurs* (mouillures).

KRUYF (d'après C. de)

26. Vues d'Amsterdam, 4 pl. par A. Lutz, *coloriées*.

LANCRET (d'après)

27. Les Heures du Jour, par N. de Larmessin. Très
belles épreuves.

28. L'Enfance, par N. de Larmessin. Belle épreuve,
remmargée.

LAUTREC — CHERET — WILLETTE — RODIN

29. Chap Book — Fantaisie — La Vache enragée —
Etude. Cinq pièces. Belles épreuves.

LAVREINCE (d'après N.)

30. Les Nymphes scrupuleuses, par Vidal. Belle
épreuve (sans marges, pli).

LEANDRE (Ch.)

31. La Nativité — Pierrot pendu — Menus. Quatre
pièces. Belles épreuves.

LE PRINCE (d'après J.-B.)

32. Le Concert russien, par R. Gaillard. Belle épreuve.

LEYDE (Lucas de)

33. Adam et Eve chassés du Paradis (B. 4) — Adam et
Eve pleurant Abel (6) — Caïn tuant Abel (13) —
Lameth et Caïn (14) — David vainqueur de
Goliath (20). Cinq pièces. Bonnes épreuves.

34. Les Soldats faisant boire le Christ (73) — La
Vierge (82) — La Vierge et l'Enfant-Jésus (83) —
S'-Marc, S'-Mathieu, S'-Jean (100, 101, 103) —
Décollation de S'-Jean (111) — S'-Jérôme (112).
Huit pièces. Bonnes épreuves.

35. L'Adoration des Mages — Le Calvaire — Jésus
présenté au Peuple — Esther et Assuérus. Quatre
pièces. Bonnes épreuves.

36. S'-Madeleine au désert (123) — S'-Madeleine sur
des nuages (124) — Les Vertus (127 et suiv.).
Six planches sur sept. Huit pièces. Bonnes
épreuves.

37. La Promenade (144) — Homme et femme assis
dans la campagne (148) — Vieille (151), copie —
La Femme et le chien (154) — Le Chirurgien (156)
— Les Enfants guerriers (165). Six pièces. Bonnes
épreuves.

38. Adam et Eve — Loth et ses Filles — Triomphe de
Mardochée — Mars et Vénus, etc. Neuf pièces.

39. Sujets divers, 37 pièces (originaux et copies).

LUNOIS (A.)

40. La Buveuse d'absinthe. Très belle épreuve, *impr. en couleurs*. Très rare.

MANTÉGNA (Andréa)

41. Bacchanale au Silène (B. 20). Bonne épreuve, doublée.

42. Hercule et Antée (16). Belle épreuve.

MARC-ANTOINE (École de)

43. Sujets divers. Trente pièces.

44. Sujets divers. Trente pièces.

45. Sujets divers. Quarante-cinq pièces.

MILLET (J. F.)

46. Bêcheur au repos (34). Très belle épreuve sur chine.

NANTEUIL (Robert)

47. Turenne — Fouquet (Basile) — Barberin (Ant.). Trois pièces. Belles épreuves (légèrement rognées).

NANTEUIL (R.) — MASSON (A.)

48. Le Bouthilier (V. 1, 1662 — Pussort (H.). Deux pièces.

NUMA

49. Caricatures anti-cholériques, pl. 2, 3, 6 à 8, 12 à 17, soit 11 pièces. Belles épreuves.

50. Mœurs et usages, pl. 1 et 3 à 8, soit 7 pièces. Belles épreuves, *coloriées* (2 sans marges).

PRUDHON

51. Une Famille malheureuse, par T. Caron. Très belle épreuve, *avant la lettre, timbrée*.

REMBRANDT VAN RIJN

52. La Mort de la Vierge. Bonne épreuve.

53. Adoration des Bergers — Fuite en Egypte — Samaritaine au puits — Les Baigneurs. Quatre pièces. Bonnes épreuves.

54. Rembrandt aux trois moustaches — Faustus — La Mauresse blanche — Le Grand Coppenol, etc. Neuf pièces. Bonnes épreuves.

55. Sujets divers et Portraits, 74 pièces (originaux et copies).

RECUEILS

56. *Album comique de pathologie pittoresque*, Paris, 1823 cart. (cassé), titre, texte et 24 pl. par Aubry, Bellangé, Pigal, etc., *coloriées*.

ROPS (F.)

57. Le Traité de la Chasteté. Très belle épreuve *avec remarque*, sur japon.

SAINT-NON

58. Paysages, sujets divers, 130 pièces.

THÉATRE

59. Bonneval (de) — Monet — Mlle Duclos — Gherardi — Jeliotte — Voltaire — Racine — Baron — La Noue., 10 pl. par Edelinck, St Aubin, Michel, Littret, etc. Belles épreuves.

60. Mlle Mars — Rameau — Mr Desainville — Mme Davison — Simmons — Mlle Journet — Favart — Brisard, etc., 20 pl. des XVIIIe et XIXe siècles. Belles épreuves.

61. Portraits — Scènes — Décors — Costumes, 28 pl. des XVIIIe et XIXe siècles.

62. Portraits et Scènes, 19 pièces.

TOUZÉ (d'après)

63. Les Amusements dangereux, par Voyez le jeune,
Bonne épreuve *avant la lettre.*

WILLETTE (A.)

64. Le Coucher de la Marié. Belle épreuve.

65. L'Apparition (Pierrot pendu). Très belle épreuve
sur japon, *signée.*

66. La Cigale. Très belle épreuve sur chine.

DESSINS

CASANOVA (F.)

67. Pastorale. Plume et encre de chine.

DAUBIGNY (C. F.)

68 Vue de Meulan. Mine de plomb. Signé et daté :
Meulan 7 août 58. Encadré.

DELACROIX (Eugène)

69. Cinq feuilles de croquis. Timbre.

DIVERS

70. Sujets divers, Paysages, Animaux, 17 dessins
anciens et modernes.

71. Un lot de dessins et fac-simile.

72. Sujets divers, 30 dessins ou croquis anciens ou
modernes.

73. Sujets divers, 16 dessins ou croquis modernes.

74. Figures. Cinq dessins par ou attribués à Prudhon, Abel de Pujol, Pradier, etc.

75. Sujets divers, Paysages, etc., 20 dessins.

76. Portraits de Massenet, Le Conte de Lisle, E. Deschanel, Flocquet, etc., 14 dessins ou aquarelles par F. Desmoulins, P. Maurou, Guth, et autres.

ECOLES ANCIENNES

77. Sous ce numéro, il sera vendu en plusieurs lots, vingt-neuf dessins.

78. Sujets divers et Paysages, 10 dessins.

79. Ornements et motifs décoratifs, 11 dessins.

80. Sujets divers. Huit dessins

81. Sujets divers. Huit dessins.

82. Sujets divers. Treize dessins.

83. Sujets divers. Treize dessins.

84. Sujets divers. Treize dessins.

ÉCOLE FLAMANDE (xvie siècle)

85. Quatre études de têtes. A la plume.

ÉCOLE FLAMANDE (xviie siècle)

86. La Danse des Paysans. A la plume sur vélin.

ÉCOLE ITALIENNE (xvie siècle)

87. Etudes de Figures. A la plume.

ÉCOLE ITALIENNE (xvie et xviie siècle)

88. La Vierge et l'Enfant Jésus, par Cantarini, collection Mariette — Etude de Figure, même collection Sujet mythologique. Trois dessins à la plume.

FLERS (Camille)

89. Bords de rivière. A la mine de plomb. Signé.
Encadré.

FORAIN (J. L.)

90. Trois croquis.

LA FAGE (R.) — GIRARDON (F.)

91. Christ en Croix — Un Satyre. Deux dessins,
crayon et plume, le second *signé*.

LEMAN (J.) — DURAND-BRAGER, HEIDBRINCK, etc.

92. Sujets divers, Marines, etc. 12 dessins et croquis.

ORNEMENTS

93. Ornements et motifs décoratifs, 9 dessins anciens.

PARROCEL (Charles)

94 Scènes de Soldats. A la sanguine. Signé : *Charles
Parrocel f. 1744*. Collection Lempereur.

PENNE (O. de)

95. Cavalier Louis XV. A la plume. Signé. Encadré.

PILS (I.)

96. Etudes de soldats et de chevaux, 7 feuilles de
croquis.

REGNAULT (Henri)

97. Paysage d'Espagne. Crayon avec rehauts de craie.
Signé et daté. Encadré.

ROOS (Henri)

98. Le Troupeau. A la plume, lavé de sépia. Signé.
Collection Mariette.

ROQUEPLAN (Camille)

99. Les deux Femmes au chien. Crayon noir. Signé. Encadré.

ROWLANDSON (attribué à)

100. Scène humoristique. A la plume, lavé d'aquarelle.

VEYRASSAT (J.)

101. Chevaux à la porte d'une auberge. Crayon et plume. Encadré.

VOUET (Simon)

102. Etude de figure et de mains. Crayon avec rehauts de blanc.

WILLETTE (Adolphe)

103. Tête de Femme et de Pierrot. Mine de plomb sur papier Gillot. Signé. Encadré.

BÉJOT (Eugène)

104. Vues de Paris et du Midi. Treize pièces. Belles épreuves, *signées*.

BRACQUEMOND (F.)

105. Pont des S¹ Pères — Ils s'en allaient dodelinant. épr. signée — J. Dolent, etc. Huit pièces. Belles épreuves.

CARS (J. F.)

106. Le Camus (Et.), d'apr. Guynier, 1703 — Fénelon, par B. Audran. Deux pièces. Belles épreuves, la 1ʳ doublée.

CHARDIN (d'apr. J. B. S.)

107. La Fontaine, par Cochin, épr. avec la 1ʳ adresse (manque un peu de conservation).

COSWAY (d'apr. R.)

108. Miss Otway, par E. Tily. Très belle épreuve, *imp. en couleurs, signée*.

DEVÉRIA (Ach.)

109. Portraits d'actrices, 12 pl. en cahier.

DIVERS

110. Sujets divers et Paysages, planches relatives aux Aéroplanes, etc., 23 lithographies et photogravures.

111. Vues de Paris et des environs, par J. Rigaud — Le Soir — Le Midi — Le Cabaret, d'apr. Le Prince, etc., 17 pl. la plupart de tirage postérieur.

112. Tête de Femme, par Demarteau (n° 150) — Franklin — Arnal — Jeannot chez le dégraisseur — Actrices — Le Peintre, etc, 11 dessins et estampes (un dessin encadré).

113. Sujets divers, Portraits, 10 pl. d'apr. Prudhon, Gérard, Ary Scheffer, etc. Belles épreuves.

DURER (Alb.) — ZASSINGER (M.)

114. La Vierge à la porte (45) — Lueur et obscurité (21). Deux pièces. Bonnes épreuves.

EAUX-FORTES MODERNES

115. Sujets divers et Paysages, 30 pl. par L. Gautier. Mlle Niel, Lalauze, Mordant, etc., la plupart *avant la lettre*.

116-118. Sous ce n°, il sera vendu en plusieurs lots, 65 pièces par Waltner, Jazinski, Gaujean, Champollion, etc., la plupart en épreuve *avant la lettre, avec remarques*.

119. Sujets divers, Portraits et Paysages — Le Petit Monde, etc., 26 pl. par Lalauze, Champollion, Olivier, etc., la plupart en *épreuve d'état*.

ÉCOLES FRANÇAISE & ANGLAISE

120. Vignettes, modes, etc., 19 pl. par de Longueil, Simonet, Moitte, Demarteau, etc. Belles épreuves.

121. Le Peintre amoureux de son modèle — L'Acte d'humanité — Le Bouquet — Le Gage de l'Amitié. 4 pl. par De Launay, Gaillard, Danzel, etc., d'apr. Chevallier, Defraine, Eisen et Bénard. Bonnes épreuves.

122. Le Petit Jour, par De Launay, d'apr. Freudeberg (réimpression, rogné dans la tablette) — La Jeunesse Folâtre, par Le Vasseur, d'apr. Voiriau. Deux pièces.

123. L'Abandon voluptueux, par Dennel — Roman comique, par Lépicié, d'apr. Pater. Deux pièces *encadrées*.

FANTIN-LATOUR (H.)

124. La Lecture — Ariane. Deux pièces. Très belles épreuves, *signées*.

125. Rêverie. Très belle épreuve sur chine, *signée*.

126. Vénus et l'Amour — Hommage à Rossini — Baigneuses, etc. Huit pièces (2 signées). *Ce n° ne pourra être divisé*.

127. Compositions pour *le Berlioz*, de Jullien. 7 pl. sur chine, *signées*.

JORDAENS (d'apr. J.)

128. Le Roi boit, par Poletnich, épr. *avant la lettre* — Récréations de la Table, par Moitte. Deux pièces *encadrées*.

LANTARA (d'après)

129. *Premier livre de Veues, en XII feuilles des Environs de Paris*, titre et 12 pl. par Le Bas. Belles épreuves.

LAWRENCE (d'apr. Sir Th.)

130. Lady Castleveagh, par E. Tily. Très belle épreuve, *imp. en couleurs*, sur parchemin, *signée*.

LAUTREC

131. La Terreur de Grenelle — Sagesse — Nuit blanche. Trois pièces. Belles épreuves, une timbrée, deux *d'essai*.

132. Nuit blanche — Le Gage — Menu — L'Œuvre. Quatre pièces.

MOREAU LE JEUNE (d'après J. M.)

133. J'en accepte l'heureux présage — Le vrai bonheur. Deux pièces par Trière et Simonet. Bonnes épreuves (la 2ᵉ manque de conservation).

PICART (Bernard)

134. Frontispices. Deux pièces. Très rares épreuves *avant toute lettre*.

PORTRAITS

135. *Elizabeth Castlehaven Comitissa*, par P. Lombart, d'après A. Van Dyck — Anna Kynesmann, par I. Smith, d'après Schalken. Deux pièces. Belles épreuves.

136. Caillot (J.) — Du Barry (Cᵗᵉˢˢᵉ) — Mᵐᵉ Favart — Mˡˡᵉ Duclos, etc., 6 pl. par Flipart, Miger, Pouget, etc. Belles épreuves.

RENOUARD (Paul)

137. Le Corps de Ballet. Très belle épreuve *d'état*.

ROPS (par et d'après)

138. Holocauste — Mˡˡᵉ de Maupin — Les Amours conduisant le Monde — Départ pour Trouville — Frontispice. Cinq pièces. Belles épreuves, *une avec annotation, signée*.

139. La Dame au cochon — L'Évocation — La Femme
au Pantin. Trois pièces. Belles épreuves, *imp. en
couleurs.*

WILLE (J. G.)

140. Musiciens ambulans, d'après Dietricy. Belle
épreuve.

141. Les Délices maternelles, d'après Wille fils. Belle
épreuve.

142. Tricoteuse hollandaise, d'après F. Mieris. Belle
épreuve.

DESSINS

DEBUT (Jacques)

143. Sujets humoristiques, 10 dessins à la plume, avec
rehauts, *signés.*

DIVERS

144. Sujets divers, paysages, etc., 10 dessins anc. et
mod., par La Rue, Denon, Missbach, P. Avril, etc.

ÉCOLE ALLEMANDE (xvi° siècle)

145. Homme faisant marcher un soufflet. A la plume.
Encadré.

146. Christ lié. A la plume. Encadré.

GÉRICAULT (J. L. Th.)

147. L'Ouverture des Prisons, Crayon et plume.

ISABEY (E.) — CLÉRIAN — HIMELY — PERNOT

148. Paysages. Six aquarelles et dessins. *signés* ou
timbrés.

LEMOINE

149. Portrait. A l'encre de chine avec rehauts de blanc. Signé et daté : 1804. De forme ovale.

150-153. Treize dessins par ou attribués à Dunker, Carrache, A. Pesne, C. Troyon, Cicéri, etc. Quatre lots.

154. Estampes et dessins divers, 39 pièces anc. et mod.

155 à 160. Sous ces numéros, il sera vendu 52 estampes et dessins par Tissot, M. Robbe, Bracquemond, Balestrieri et autres, la plupart *imp. en couleurs*.

CARICATURES

161-162. Caricatures anglaises, 7 pl. *coloriées*. Deux lots.

DIVERS

163. Sujets divers et Paysages, 31 planches.

164. Sous ce numéro, il sera vendu des estampes non cataloguées.

FRAZIER-SOYE

GRAVEUR-IMPRIMEUR

153-157, RUE MONTMARTRE

PARIS